AF363831

191	Chambre des Commissaires-Priseurs Envoi à la Bibliothèque Nationale

7 Janvier 1914

TABLEAUX ANCIENS

Mᵉ Georges TIXIER

Commissaire-Priseur

M. Max BINE

Expert

I. VENTE JUDICIAIRE

EN VERTU D'UN JUGEMENT RENDU

PAR LA 3ᵉ CHAMBRE DU TRIBUNAL CIVIL DE LA SEINE, LE 7 JANVIER 1914.

DE

TABLEAUX ANCIENS

attribués à

FRANTZ HALS et RUBENS
et des ÉCOLES FLAMANDE et HOLLANDAISE

II. Vente volontaire

d'une Collection appartenant à M. X...

DE

TABLEAUX ANCIENS

par ou attribués à

BEETSENNAKERS, CASANOVA, DE DREUX, NORBLIN,
VAN DYCK, Joseph VERNET,
et des ÉCOLES FRANÇAISE et HOLLANDAISE

dont la vente aux enchères publiques aura lieu

HOTEL DROUOT — SALLE Nº 11

LE JEUDI 7 MAI 1914

à 4 heures précises

COMMISSAIRE-PRISEUR :	EXPERT :
Mᵉ GEORGES TIXIER	M. MAX BINE
45, rue de la Chaussée-d'Antin.	17, rue Victor-Massé.

EXPOSITIONS PUBLIQUES

Le Mercredi 6 Mai 1914, de 2 heures à 6 heures.
et le Jeudi 7 mai 1914 (jour de la vente), de 2 heures à 4 heures.

CONDITIONS DE LA VENTE

Elle sera faite au comptant.

Les adjudicataires paieront *dix pour cent* en sus des enchères.

Paris. — Imprimerie FRAZIER-SOYE, 153-155, rue Montmartre

Barbara Countess of Suffolk
Grandmother to Eliz:
Countess of Bristol

Nº 11

DÉSIGNATION

I. Vente Judiciaire

EN VERTU D'UN JUGEMENT DU TRIBUNAL CIVIL DE LA SEINE

DU 7 JANVIER 1914

ÉCOLE FLAMANDE

1. — *Triptyque.*

> Dans le compartiment central, la Vierge à l'Enfant sous un dais avec fonds de paysage. Dans les compartiments latéraux l'on voit des personnages, hommes et femmes, priant.

ÉCOLE HOLLANDAISE

XVIIe siècle

2. — *Portrait d'une jeune femme vue jusqu'aux genoux.*

> Haut., 104 cent.; larg., 82 cent.

FRANTZ HALS

(Attribué à)

3. — *Tête de jeune homme grimaçant.*

Dans un médaillon ovale.

Haut., 48 cent.; larg., 39 cent.

RUBENS

(École de)

4. — *Andromède est enchaînée à un rocher. Persée, monté sur Pégase, vient la délivrer.*

Haut., 2 m.; larg., 1 m. 22 cent.

II. Collection de M. X...

BEETSENNAKERS
(A.)

5. — *Chasseurs et Chiens.*

Signé et daté 1696 en bas à gauche.

Toile. Haut., 41 cent.; larg., 57 cent.

CASANOVA
(Attribué à F.)

6. — *Épisode de siège.*

Sur une hauteur, des soldats français bombardent une ville.

DE DREUX

(Attribué à Alfred)

7. — *Garçonnet à cheval dans un parc.*

Toile. Haut., 44 cent. ; larg., 57 cent.

ÉCOLE FRANÇAISE

XVIIIᵉ siècle

8. — *Portrait en pied d'une jeune femme, dans un fond de paysage genre de Nattier.*

Haut., 1 m. 50; larg., 1 m. 12.

Nº 3

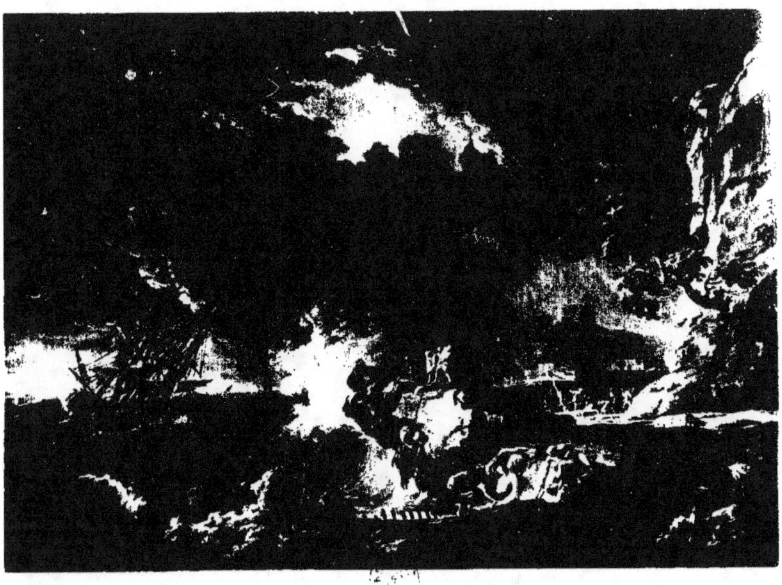

Nº 12

ÉCOLE HOLLANDAISE

9. — *Personnages et animaux dans un paysage.*

Toile. Haut., 54 cent. ; larg., 70 cent.

NORBLIN

10. — *Portrait d'un officier.*

Signé et daté 1824, en haut et à gauche.

Haut., 26 cent. ; larg., 21 cent.

VAN DYCK

(École de)

11. — *Portrait de jeune femme représentant, d'après une inscription sur la toile, la Comtesse de Bristol.*

Toile. Haut., 1 m. 30 ; larg., 1 m. 04.

VERNET

(JOSEPH)

12. — *La Tempête.*

Dans un port des bateaux sont en détresse. Sur le rivage, à l'aide de cordages, des pêcheurs opèrent le sauvetage des naufragés.

Haut., 95 cent. ; larg., 1 m. 30.

www.ingramcontent.com/pod-product-compliance
Lightning Source LLC
LaVergne TN
LVHW021618170726
843501LV00010B/4039